Bird Frog

AF303084

Konstantin Fuchs

Ein Mann und sein Hund am Ende der Welt

Druck und Distribution im Auftrag des Autors.
tredition GmbH, Halenreie 40-44, 22359 Hamburg, Deutschland

ISBN
Paperback 978-3-384-17931-9

1

Der Hund leckte das Blut aus der verschmutzen Pfütze.

Noch konnte sein Durst gestillt werden.

Die Fleischfetzen, die sich überall in der Gegend verteilt hatten, stillten noch seinen Hunger.

Er musste das nehmen, was er finden konnte, um sich am Leben zu halten.

Den meisten Wesen liegt das eben zu Grunde, dieses *am Leben bleiben*.

Der Köter hatte die Vorfälle nur überlebt, weil er sich in einem der unterirdischen Schächte verlaufen hatte.

Er war da auch nicht freiwillig hineingeraten, als vielmehr runtergestürzt.

Unter der Erde hatte er die Explosion immer noch hören und auch noch spüren können, aber er wurde keines ihrer Opfer.

Als Hund ist man Anhängsel und Überbleibsel.

Vor allem dann, wenn man sein Herrchen oder sein Rudel nicht mehr findet.

Dieser Hund hatte nie ein Herrchen gehabt, war in der Hinsicht also frei.

Nach der Explosion hatte er sich aus dem Schacht befreien können- auch, wenn er vor staubigen Steinen flüchten musste.

Er fand eine andere Stelle, folgte dem stärker werdenden Licht hinaus aus der Dunkelheit des Schachtes.

Wäre er dem Schacht weiter in den Abgrund gefolgt, so stünde er am Ende sowieso vor verschlossenen Türen.

Ein Bunker mit grellen Warnschildern auf den Eingangstoren, waren das Ende jener unterirdischen Struktur.

Für jedes hintereinander liegende Tor brauchte man einen anderen, spezifischen Schlüssel.

Den hatte der Hund natürlich nicht.

An Tageslicht wieder angekommen, waren dem Hund zuerst der
Gestank und dann die Zerstörung klargeworden.
Er selbst trug Wunden auf seinem Körper, auch wenn es nur
Schnitte der Steine gewesen waren.
Alles, was blutete, war angreifbar.
Deshalb lief er schnell, bellte nicht, wollte so wenig wie möglich
auffallen.
Hunger, Durst und Adrenalin trieben seine vier Pfötchen zu Best-
leistungen- ab und an dachte er sogar an die Freunde die er unter
den Straßenhunden gehabt hatte.

2

Mir blieb nur wenig Zeit davonzurennen, nachdem ich die Handgranate in das Gebiet des Feindes geworfen hatte.
Die Handgranaten explodierten hier alle zu schnell, denn es waren übergebliebene Exemplare vergangener Kriege.
Stümperhafte Waffen.
Jeder nahm, was er finden konnte.
Noch während ich rannte, spürte und hörte ich die Explosion hinter mir.

Ich bin von Zuhause weg.
Jetzt sieht nichts mehr nach Heimat aus.
Aber was bleibt dem, dem nichts bleibt?
Außer Flucht?
Der Drang zu Überleben ist selbst dem Selbstmörder noch zu eigen.
Auch er muss sich gegen die Reste seines Instinkts stellen und sie überwinden.

Ich sehe einen Hund durch die Ruinen laufen und locke ihn zu mir.
Nenn mir einen guten Hirten ohne Schäferhund.
Der Hund traut sich erst zu mir, als ich in die Hocke gehe und sanft zu ihm spreche.
Es ist jetzt still, die Luft ist zwar von Schießpulver und Explosionsware verpestet, aber immerhin herrscht nun Stille.
Als sich der Hund endlich streicheln lässt, fühle ich sein verschmutztes Fell.
Meine Hand ist danach blutig, aber nicht etwa, weil der Hund mich gebissen hätte.
Er muss auch verwundet sein. So, wie ich.
Immerhin hat er das ganze überlebt. Wie ich.

Er schaut mich hungrig an, und sein Blick giert nach Vertrauen.
Ich gebe ihm den Namen Heckler, nach dem Gewehr das um
meine Schulter gespannt ist.
Ihn so zu taufen ist weder schön, noch kreativ.
Trotzdem ist es ein Name.
„Heckler, wir müssen zusammenhalten.", sage ich zu dem fremden
Tier, „Wenn du mich beschützt, dann werde ich dasselbe auch für
dich tun."

3

Saliks Zähne waren längst nicht mehr so stark, wie noch vor ein paar Wochen.

Dafür waren die Zähne des Hundes noch bereit zu beißen.

Das Tier war wohl schon immer ein Streuner gewesen.

Auch davor.

Jetzt zahlte es sich aus für den Köter, dass er niemals in seinem Leben verwöhnt gewesen war.

Da war der Mann schon anderes gewöhnt gewesen.

Er hatte sein Leben lang eine warme Stube und auch immer genug zu essen gehabt.

So war es nun schwieriger für ihn, sich der Wildnis der neuen Realität anzupassen.

Ein Straßenhund wusste bereits, dass das Leben keine Geschenke bereithielt.

Ein verwöhnter Mensch hingegen war sich seines Niedergangs bewusst.

4

Heckler kaute auf einer Leiche herum, die auf dem Asphalt verfaulte.

Der menschliche Kadaver stank noch nicht zu stark, war noch nicht lange tot.

Salik ließ ihn das Menschenfleisch fressen, auch wenn er sich angewidert vom Hund abwandte.

Den Hunger konnte er verstehen, wie könnte er da den Überlebensinstinkt des Hundes verbieten?

Salik war indes noch satt genug, und hatte den Nachteil, dass die Hemmschwelle einen Artgenossen zu essen, für ihn ungleich höher war.

Ein Gedanke kratzte sich in seinen Schädel:

Sollte er noch tagelang hungern, ohne etwas Brauchbares zu finden, so hätte er ja immerhin noch den Hund, der ihm auf Schritt und Tritt nun hinterher folgte.

5

Die Nacht erhebt sich.

Dunkelheit und der Nebel, der kaum mehr Sonnenlicht durchlässt.

Jetzt scheint nur noch der Mond, und trotzdem ist es jetzt finster, als gäbe es kein Licht.

Um nicht entdeckt zu werden, ist auch ein Lagerfeuer tabu.

Im nebelgetrübten Mondlicht sehe ich zwei Flaggen, beide liegen am Boden und waren zumindest zeitweise in Brand geraten.

Die eine ist die Israel-Flagge, auf der anderen steht „Free Palestine".

Ich muss schmunzeln, weil ich mich nach diesem Konflikt zurücksehne, nach allem was passiert war.

Kriege sollten zumindest weit weg von uns sein, dann waren sie schon nicht ganz so schlimm.

Sauberes Wasser war jetzt fast unbezahlbar, bedruckte Scheine namens Geld waren so gut wie wertlos.

Außer man konnte einen Idioten finden, der einem das Bargeld noch abnahm.

Weil er noch immer fest an dessen Wert glaubte.

Oder, weil er davon träumte, dass die alte Realität schon wieder zurückkehren würde.

Ich lege mich in ein zerbombtes Haus, dessen Dach bereits eingestürzt ist.

Die Ruinen bieten zumindest noch ein wenig Schutz vor fremden Blicken.

Der Hund schläft neben mir ein, und so wärmen wir einander wenigstens ein bisschen.

Ich träume von nichts, kann mich jedenfalls nach dem Erwachen an nichts mehr erinnern.

12

6

Mit Sonnenaufgang merkte Salik, dass der Nebel sich über die Nacht verzogen hatte.

Die Luft war jetzt wieder klar, man konnte wieder durchblicken, ohne dass die Augen tränen würden.

Er sah sich um und konnte den Hund nicht finden.

Würde sein Gefährte ihn schon wieder verlassen haben?

Salik prüfte die übrige Munition, die ihm noch verblieb.

Das Maschinengewehr hatte er die ganze Nacht über umarmt, wie eine Geliebte.

War man hier ganz ohne Waffe, konnte man sich auch gleich dem Tod hingeben.

Wer sich nicht wehren konnte, hatte schon verloren.

„Heckler.", flüsterte Salik, um den Hund wieder anzulocken.

Schnell vermisste man, was man sich auch nur im Geringsten zum Freund gemacht hatte.

„Heckler!", sagte Salik dann lauter, als er aus den Ruinen des eingestürzten Hauses herausgeklettert war und auf offener Straße nach dem Köter suchte.

Ringsumher gab es nichts zu sehen.

Alles war zerstört, natürlich.

Aber zwischen all den Trümmern tauchte kein Leben auf.

Kein Mensch, kein Tier, kein Heckler.

„Selbst der verdammte Köter hält es nicht an meiner Seite aus.", sagte Salik zu sich selbst, „Der Hund ist einfach wie jedes andere Wesen, das mir einmal was bedeutet hat. Kaum lernt er mich für einen Tag kennen, ist er auch schon wieder auf der Flucht vor mir. Dummer Köter. Ich habe ihm doch gesagt, er soll bei mir bleiben."

Salik ging ein paar langsame Schritte, drehte sich nach einer Weile zurück.

Dies tat er wieder und immer wieder.
Vorangehen und dann warten und nach hinten schauen.
Würde auch nur ein Feind hier sein, dann wäre Saliks Leben in Gefahr.
Deshalb hielt er sein Maschinengewehr jetzt auch zwischen den Händen.
Den Finger am Abzug.
Man konnte ja nicht wissen.

7

Ich spüre den Wind an meinen Ohren.
Die Kälte schneidet sich in das lebendige Fleisch.
Ich habe Angst den Hund zu erschießen, sollte ich auf einmal ein
Geräusch hören.
In letzter Zeit drücke ich zu schnell ab.
Seitdem das Töten Gewohnheit ist.
Noch ein paar Mal rufe ich nach dem Hund, er konnte sich ja
schließlich nicht in Luft aufgelöst haben.

Einen Gefährten könnte ich gebrauchen.
Selbst einen Hund.
Sein Gehör und sein Geruchssinn könnten mir von Nutzen sein.
„Heckler, komm zu mir!", rufe ich ins Nichts und merke erst, als
ich es ausgesprochen habe, wie lächerlich es eigentlich ist.

In welchem Krieg man auch immer ist:
Die schärfste Waffe halte ausschließlich gegen dich selbst gerichtet.

Ich höre ein Geräusch und schaue hinter mich.

8

Ein Kind stand hinter Salik.

Es sah verwahrlost aus, aber es lächelte.

Salik gelang es nicht wirklich, zurückzulächeln.

Stattdessen nickte er nur stumm diesem Kind zu.

Er hatte keine Ahnung, wie alt das Kind wohl war.

„Wo ist deine Familie?", fragte er schließlich den Jungen.

„Bin allein.", lächelte das Kind, „Und du?"

„Ich suche meinen Hund.", sagte Salik, „Hast du ihn gesehen?"

9

Ich schaue dem Jungen in die Augen und ich sehe fast so etwas wie
Wahnsinn in seinem Blick.
Wo kommt der her?
Warum sieht er so merkwürdig aus?
Ich meine: Warum lebt er? Warum lebt er noch, nach allem was
passiert war?
Wenn ich es kaum überlebt habe, warum sollte er es dann?
Ich sehe nur Fragen, und er…er lächelt.
Immer noch.
Ich schaue ihn so ernst an, dass er eigentlich aufhören müsste zu
grinsen.
Irgendetwas stört mich an seinem Lachen.
Er fasst in seine Tasche.
„Lass die Hände schön draußen!", rufe ich zu ihm, und endlich
vergeht ihm sein Lächeln, wenn auch nur für einen Augenblick.
Was für ein sonderbares Wesen.
Er hätte tot sein sollen.
Wie all die anderen.
Ich sehe nichts in ihm, was ihm das Recht geben würde, jetzt noch
zu atmen, wo seine Familie bestimmt schon tot ist, und sich unter
Staub und Schmutz bereits ein kleines Grab gesucht hat.

„Warum zielst du mit dem Gewehr auf mich?", fragt der Junge im
ganz beiläufigen Ton.
Erst da merke ich, dass ich das Maschinengewehr auf ihn gerichtet
halte.

Ich senke die Waffe langsam und reiche dem Jungen die Hand hin,
zur Begrüßung.
Misstrauisch nimmt er den Gruß an, und legt seine kleine Hand
kurz in meine.

„Wie hast du überlebt?", frage ich ihn schließlich geradeheraus.

„Habe mich im Brunnen versteckt."
„Im Brunnen?", frage ich.
„Der steht schon seit Jahren leer, ich bin immer runtergeklettert.
Wir hatten ihn abgedeckt und dann… Ich habe mich darin verbar-
rikadiert, später musste ich mich ausbuddeln."
„Hast du noch deine Eltern?"
Der Junge reagiert nicht, starrt stattdessen hinter mich.

Dann tritt er näher zu mir und ich weiß nicht, was er von mir will.
Er deutet auf meine Tasche -die mit meinem Hab und Gut- und aus
irgendeinem Grund öffne ich sie dann.
Der Junge blickt hinein und sieht ein paar Messer, die ich mit mir
schleppe, einen Löffel, mein Feuerzeug, die Zündhölzer, die Flasche mit dem sauberen Wasser…
Er deutet auf die Flasche und ich reiche sie ihm.
Dann nimmt er den größten Schluck Wasser überhaupt, und ich
muss ihm die Flasche wieder vom Maul wegziehen, dass er mir
nicht noch alles nimmt.
Ich kann kein Wasser verschwenden- auch nicht an ihn.

Er bedankt sich mit einem kurzen, merkwürdigen Kopfnicken.
Als ich den Wasserproviant wieder in der Tasche verstaue, wirft
der Junge wieder einen Blick hinein.
„Was willst du denn jetzt noch?"
„Hunger.", sagt der Junge.
„Ich habe nichts zu essen."
„Hunger.", sagt er wieder und ich verdrehe genervt meine Augen.

Warum hat Gott, sollte es ihn doch geben, diesen Jungen überleben
lassen?

Es ist doch nichts anderes, als Leid.
Leid, das hätte verhindern werden können.
Wäre er doch nur mit seiner Familie gestorben.
Ich kann ihn nicht töten, auch wenn das vermutlich das Beste wäre.
Ich töte keine Kinder, dazu wird mich niemand bringen.
Er ist auch nicht der Feind, und meine Kugeln sind nur für den Feind bestimmt.
Nein, ich kann ihn nicht töten.
Trotzdem muss ich ihn wieder loswerden.
Es ist hart genug, wenn man alleine ist.
Ein Kind würde alles nur noch beschwerlicher machen.

„Wenn du mir was zu essen gibst, dann sage ich dir, wo dein Hund ist.", sagt der Junge zu mir.
„Ich habe nichts zu essen. Nicht einmal für mich selbst.", antworte ich ihm, „Und woher willst du wissen, wo mein Hund ist?"
„Ich habe ihn versteckt.", sagt das kleine Biest und lächelt mich frech an.
Ich durchsuche meine Tasche und habe jetzt schon die Schnauze voll.
Natürlich ist es wieder ein beschissener Tag.
Wie glücklich sind jene, die bereits verreckt sind!

Schließlich finde ich das Stückchen Schokolade, das ich mir noch aufgehoben hatte.
„Hier, das bekommst du.", sage ich dem hoffnungslosen Kind,
„Ein leckeres Stück Schokolade. Dann sag mir mal, wo du meinen Hund versteckt hast."
„Erst die Schokolade!", sagt der Junge.
„Vergiss es.", sage ich, und packe die Schokolade wieder in die Tasche.

„Nein, warte.“, sagt er, und der Hunger spricht aus ihm, „Ich habe ihn in die Industriehalle dort hinten gelockt und angebunden.“
Er zeigt mit dem mageren Finger seiner verdreckten Hand auf ein verfallenes Gebäude.
ZI RET ENFA RIK steht noch über der Ruine geschrieben, wobei ein Teil der Buchstaben schon nicht mehr zu erkennen sind.

„In der alten Zigarettenfabrik?“, frage ich, und der Bengel nickt, „Gut, du kommst mit- und wehe, meinem Hund geht es nicht gut!“

Der Junge folgt mir auf die andere Seite der Straße.
Wir treten ein, und sind uns der Gefahr eines ständig bevorstehenden Einsturzes bewusst.
Zumindest ich bin mir dessen bewusst.
Was der Junge weiß, kann ich nicht wissen.
Vermutlich macht er sich gar keine Gedanken.
Das wird ihm auch früher oder später das Genick kosten.

Nach dem dunklen Eingang wird es etwas heller im Gebäude, da von oben die Sonne reinstrahlt.
Ein beträchtlicher Teil der Decke ist nicht mehr vorhanden.
Weggebombt.
Einfach so.
Immerhin steht der Rest noch recht stabil.

Wir laufen beide vorsichtig, als ob das irgendeinen Unterschied machen würde.
Dann höre ich ein klägliches Wimmern und je näher wir dem Geräusch kommen, umso mehr wird es zu einem Bellen.
„Heckler!“, rufe ich, noch bevor ich ihn sehen kann.
Wir folgen dem Bellen, und als ich den Hund angeleint vorfinde, überprüfe ich sofort, ob es auch mein Hund ist.

Er ist ein dreckiger Köter, aber er ist ja auch ein Freund.
Tatsächlich ist es Heckler und er schleckt mich ab, springt an mir
hoch, als wir endlich zu ihm gefunden haben.
„Ich binde dich gleich los, bleib ruhig.", sage ich zu ihm, und dann
stelle ich sicher, dass er keinen Schaden erlitten hat.

Dem Junge muss das auffallen, denn er sagt zu mir: „Ich habe ihn
wirklich nur angebunden. Ich tu doch einem Hund nichts Böses."
„Schon gut.", sage ich, und wir verlassen wieder -zu dritt- die zerstörte Zigarettenfabrik.
Auf dem Weg nach draußen sehe ich noch Kartons an Zigaretten-
schachteln, die allerdings alle noch leer sind.
Ich blicke mich noch ein paar Mal um, kann allerdings keinen Ta-
bak finden.
War vor mir schon jemand hier?

10

Draußen angekommen standen der Mann, das Kind und der Hund
ruhig nebeneinander.

Keiner von ihnen wusste nun, wohin.

Oder: was zu tun war.

„Du schuldest mir jetzt deine Schokolade.", durchbrach der Junge
schließlich die Stille.

„Welche Schokolade?", fragte Salik.

„Du hast es mir versprochen!", sagte der Junge.

„Hast du nicht begriffen, dass die Menschen verlogene Wesen sind
in einer verlorenen Welt?", fragte Salik, „Ich meine, wie konntest
du mir überhaupt vertrauen?"

Der Junge blickte enttäuscht und dann wütend und dann wieder
traurig drein.

„Ich mache dir ein Angebot.", sagte Salik, „Du bekommst dein
Stück Schokolade, alles was ich noch zu essen habe, aber dafür
lässt du mich in Ruhe. Du wirst mir nicht hinterherlaufen. Ich habe
schon meinen Hund, um den ich mich kümmern muss. Du musst
es irgendwie alleine schaffen."

Der Junge nickte nicht, schüttelte aber auch nicht den Kopf.

11

Ich halte den Hund fest an meiner Seite, damit er nicht wegläuft,
denn ich habe einen kleinen Plan.
Das Gefährlichste ist ein Idiot mit vielen Ideen, das weiß ich selbst.
Trotzdem werde ich es versuchen.
Ich ziehe die Schokolade aus meiner Tasche, presse die Verpackung dicht über die noch verbliebenen Rippchen, und dann werfe
ich die Packung in einem hohen Bogen auf die entgegengesetzte
Seite.
Irgendwo zwischen Steinen und Staub hat sie nun ihren Platz gefunden.
Der Junge folgt dem Wurf mit seinem Blick, und dann sieht er mich
an, als hätte ich gerade seine Mutter getötet.
„Schau mich nicht an.", sage ich, „Du verlierst dein Essen aus dem
Blick."

Mit Heckler gehe ich dann weiter.
Einmal schaue ich zu dem Jungen zurück, und der steht immer
noch da, bewegt sich nicht, als wäre er stehen geblieben, und nur
die Zeit lief noch ein wenig weiter.

12

Er und Heckler waren weiter durch das zerstörte Gebiet gelaufen,
bis sie zu einer Ruine gelangt waren, welche einmal bewohnbar gewesen war.
Doch sie stand noch recht stabil- zumindest von außen betrachtet.
Außerdem wurde es so langsam dunkel, und damit würde es auch
wieder kühl werden.
Salik brauchte einen Unterschlupf für die drohende Nacht, die ihm
auch als Versteck dienen müsste, vor dem Feind.
Der Hund würde ihn wecken, sollte sich ihnen jemand nähern- darauf setzte Salik nun.

Heckler war ihm inzwischen zum Vertrauten geworden.
Was war das für eine Freundschaft?
Wie lächerlich und tragisch doch zugleich.
Ein abgehalfterter Hund und ein hoffnungsloser Mann- in einer
verlorenen Welt.
In einer fast verlorenen Welt, wohlgemerkt.

Noch gab es Hoffnung, aber die gibt es auch in der Hölle.
Sie ist die letzte Qual, die der Teufel in petto hat.
Danach kann es nur noch Erlösung geben.
Salik träumte manchmal von der Hölle- es waren jetzt keine Alp-
träume mehr.

Der Feind hatte versucht, das Gebiet unbewohnbar zu machen.
Das Leben zu vertilgen.
Im Großen und Ganzen musste man die Taten des Feindes als er-
folgreich bezeichnen.
Es war ihnen gelungen zu zerstören, was man zerstören konnte.
Die Kreaturen, die bis jetzt überlebt hatten, würden auch in Zu-
kunft nicht sterben wollen.

So wie Salik und der dreckige Köter eben.

Salik hatte in einer Steinruine, die einmal ein Heim gewesen war,
einige Dosen mit Essen gefunden.
Die Dosen waren von außen bereits staubig und leicht angerostet-
aber sie waren noch immer fest verschlossen.
Damit stieg Saliks Hoffnung auf ein Mahl, das noch nach Essen
schmeckte, so wie er es in Erinnerung hatte.
Er nahm sein Messer und schnitt den Dosendeckel auf.
Darunter, in Wasser und Salz waren Maisstückchen.
Das Gelb strahlte fast aus der kalten Dose und zu Saliks Hunger
mischte sich jetzt auch Appetit.
Er schüttete die Lake vorsichtig aus der Dose, und wusch sich die
Hand damit.
Dann griff er hinein und aß den Mais- die erste Mahlzeit seit der
großen Zerstörung.
Salik fraß, bis er satt war.
Dann aß er, bis er nicht mehr konnte.

Heckler schmiegte seinen Kopf an Saliks Knie, seine Augen bettel-
ten darum, auch einen Happen abzubekommen.
Erst ignorierte Salik den Hund, dann erklärte er ihm: „Du isst doch
sowieso alles. Du verträgst viel mehr als ich. Aber diese Dosen sind
für mich. Du willst doch, dass ich lebe?"
Letztendlich gab er dem Hund doch noch etwas ab.
Erst ein, dann zwei Stückchen, und schließlich eine ganze Hand
voll.

Heckler war ein guter Bettler.
Er konnte Saliks Herz erweichen, wie sonst niemand.
Wenn man sonst niemanden hat, teilt man auch mit einem Hund
gerne.

Salik wärmte sich dann an Heckler, und Heckler wärmte sich an ihm.

Noch waren sie einander nützlich, und vielleicht ist es das, was man Freundschaft nennt.

Waren Gefährten nicht immer nur Wesen mit demselben Leid?

Auf einmal hörte Salik seinen Vater sagen: „Du heulst doch nicht etwa? Reiß dich zusammen!"

Und dann weinte sich Salik in den Schlaf.

Für ihn waren die Tränen nur noch ein Weg zur Beruhigung.

Nichts anderes.

Sie hatten ansonsten keine Bedeutung mehr.

So, wie man Wasser trinkt, um nicht durstig zu sein- so weinte er, um sich zu beruhigen.

Es brachte ihm immerhin einigen Schlaf in den kalten Nächten.

Heckler blickte Salik verwundert an, als er dessen Tränen sehen konnte.

Er sah Salik dann tief in die Augen, kam näher zu ihm, und schleckte sein Gesicht ab.

Da musste Salik schmunzeln, was die Tränen noch heilsamer er-schienen ließ.

Wann hatte er das letzte Mal schon gelacht?

Mischte man Traurigkeit mit Dankbarkeit bekam man fast so etwas wie Nostalgie.

13

Gefühle werden nicht belohnt, sie werden nur bestraft.
Gedanken, bis zu einem gewissen Augenblick, auch.
Man muss weniger fühlen und besser denken.
Dann kann man auch belohnt werden.
Ich will mein Blut nicht in frischen Wunden verschwenden.
Meine Narben haben schon genug verlangt.
Dazu all die Narben, die man nicht sehen kann.
Das ganze seelische Zeug.
Die Psyche.
Den Abgrund, den man nicht sehen kann.
Das ist unsichtbarer Schmerz.
Der wird dir von niemandem verziehen, der ihn nicht selber kennt.
Der ihn nicht selber spüren musste.
Psychische Vergewaltigung.
Es fühlt sich an, als hätte man meinen Geist benutzt, aber das begreift nur der, dem man es nicht erklären muss.
Und wem man es erklären muss, der wird es sowieso niemals begreifen.
Sterben muss man ein paar Mal, bevor man zu leben lernt.

14

Heckler weckte Salik, indem er ihm unaufhörlich das Gesicht abschleckte.

Salik schmunzelte.

Draußen war es still, und eine Gefahr schien auch nicht zu bestehen.

Heckler war auch nicht unruhig, sondern nur hungrig.

Sie teilten sich eine Dose zum Frühstück, deren Inhalt sich als Erbsen herausstellte.

War das Hungern die einzige Alternative, war eine solche Dose unbezahlbar.

Die restlichen Dosen an Lebensmitteln packte Salik, als Proviant, in seine Tasche.

Sie würden ihn und den Hund zumindest für ein paar Tage satt machen.

Es musste noch mehr Futter geben, dachte Salik.

Man müsste nur danach suchen.

Es gab genügend Ruinen, die man noch nach etwas Brauchbarem durchforsten könnte.

Unter Schutt und Asche, da musste es noch mehr Dosen leben.

Einmachgläser konnte man indes vergessen- jedes verschüttete Glas war wohl von der Wucht zerbrochen worden.

Da machte sich Salik keine Hoffnung mehr.

Ein paar Kühlschränke könnten auch noch Brauchbares enthalten, auch wenn die Nahrung darin schon länger nicht mehr gekühlt worden war.

Das Wichtigste war natürlich das reine Wasser- den Wasserleitungen war nicht mehr zu trauen.

Fand man eine Wasserleitung, die noch funktionsfähig war, so kam immer nur rot-braune Flüssigkeit heraus, egal wie lange man wartete.

Nein, die Wasserleitung war nur brauchbar, wenn man schmutziges Wasser brauchte.
Wasser, mit dem man sich waschen könnte, wollte man sich seine Haut noch ein wenig dreckiger machen.
Da war der Regen noch die beste Alternative.
Selbst als Trinkwasser- auch wenn der Regen schon etwas sauer schmeckte.

Man musste das nehmen, was man finden konnte- etwas anderes gab es vorerst nicht.
Den Ekel musste man soweit überwinden, um sich am Leben zu halten, ohne sich dabei noch schlimmer zu vergiften.

15

Salik selbst hatte einmal für eine Chemiefabrik gearbeitet.
Das konnte man gut finden, das konnte man schlecht finden- aber
ändern…ändern würde das nichts.
Nicht mehr.
Auch seine Fabrik hatte ihre Produktion umstellen müssen.
Von Düngemitteln auf chemische Kampfstoffe.
Es war ein Auftrag des Staates gewesen.
Und am Anfang hatte sich das Geschäft sogar gelohnt.

Solange eben, wie der Krieg nicht vor der eigenen Haustüre stand.
Solange er noch ein paar Ländergrenzen entfernt gewesen war.
Inzwischen arbeitete die Technik mit den Menschen, und nicht
mehr umgekehrt.
So entstanden auch Befehle, die man zuvor nicht in Betracht gezo-
gen hätte.
Vor allem aber: Es wurden Befehle befolgt, die ein Mensch alleine
nicht mehr nachvollziehen konnte.
Die Datenanalyse war zur mächtigsten Waffe geworden.
Vergiss die Munition und jeden Panzer.
Vergiss das beste Gift und die alte Propaganda.
Der moderne Krieg wurde mit Informationen geführt.
Oder besser: war mit Informationen geführt worden.

Inzwischen vermisste Salik, was ihn damals so gelangweilt hatte.
Wie er die Bestandteile der chemischen Düngeproduktion über-
wachte.
Wie er das Mischverhältnis im Blick behalten musste.
Wie er sein Leben zwischen zwei Bildschirmen und unzähligen
Glasscheiben verbrachte.
Wie er immerhin für etwas Sinnvolles arbeitete, für etwas Produk-
tives eben.

Die Düngemittel hatten dabei geholfen, sein Land und viele andere Länder zu ernähren, auch wenn das niemand wirklich so wahrnahm.

Es war kein sinnloses Leben gewesen, nur weil es sich manchmal so anfühlte.

Es hatte einen tatsächlichen Nutzen im echten Leben gehabt.

Das war ihm erst jetzt so wirklich bewusst geworden.

Er fühlte, dass die Vergangenheit einen Wert in sich trug, welchen er ihr damals niemals zugestanden hätte.

So ist das mit der Vergangenheit.

Wird die Gegenwart noch grausamer, so beginnt man die Vergangenheit zu vermissen.

Und in der Hölle vermisst man selbst noch das Fegefeuer.

16

Es ist auffällig still, was mich jetzt doch etwas misstrauisch macht.
Ich habe nichts gesehen oder gehört, und auch Heckler weiß, dass er leise sein muss.
Sein Jaulen hat er sich schnell abgewöhnt.
Er bellt auch nicht mehr.
Er hat sich mir angepasst, so wie ein Hund das auch tun sollte.
Er weiß, dass er mir zu folgen hat, wenn er überleben will.
Ich bin mir sicher, dass er es weiß.
Manchmal denke ich an den Jungen, den ich zurücklassen musste.
Ich habe kein Mitleid- nein, das wäre gelogen.
Er tut mir Leid, natürlich, ich bin auch nur ein Mensch.
Aber ich bin mir keiner Schuld bewusst.
Ich kann niemanden gebrauchen, der sich mir nur als Last erweist.
Ich kann niemanden gebrauchen.
Noch glaube ich an so etwas wie Flucht.
Es kann ja nicht die ganze Welt zerstört sein.
Es kann ja nicht alles mit dem Gift getränkt sein.
Ich weiß, ich hätte es vielleicht austauschen können, das Gift, das wir hergestellt haben.
Aber hätte das unseren Feind gestoppt?
Hätte der Feind dann auch keine chemischen Waffen eingesetzt?
Nur, weil wir es nicht taten?
Die größte Strafe Gottes ist, dass wir selbst am Ende der Welt noch büßen müssen.
Noch immer schuldig sind.
Und unsere Hände noch immer blutig.
Und unsere Taten noch immer nicht vergeben.

Dann wieder die Blicke des Jungen, den ich zurückließ.
Dann die Bilder der Leichen, über die ich schon steigen musste, nur um mir meinen Weg durch diesen Dreck zu bahnen.

Vielleicht bin ich schon in der Hölle.

Vielleicht werde ich jetzt gerade schon bestraft, für alles was ich tat und tu und noch tun werde.

Die Gegenwart als endgültiges Schicksal.

So könnte es vielleicht noch Sinn ergeben.

Wage nicht über mich zu sprechen, außer du hast selbst schon einmal mit dem Wahnsinn getanzt.

Jene werden nämlich nicht urteilen.

Heckler bleibt stehen und trinkt das ekelhaft schwarze Wasser aus einer blutigen Pfütze.

„Ich kann dir auch ein bisschen sauberes Wasser geben.", sage ich leise zu ihm, aber er hört nicht auf mich.

Das Blut aus der verschmutzten Pfütze schmeckt bestimmt wie Kupfer aus einem vergifteten See.

Alles will mich im goldenen Glanz träumen sehen.

Wenn die Sehnsucht stirbt, dann darf man selbst auch sterben.

Man muss nur alles von sich weisen und auf jeden Lohn verzichten können.

Man darf nichts mehr wollen, und dann kann man auch.

Stehe niemals für anderer Menschen Sünden gerade.

Es ist schwer genug, für die eigenen zu büßen.

Inzwischen haben wir das Regierungsviertel erreicht.

Es herrscht nur noch die Totenstille.

Verbrannte Flaggen und Flugblätter liegen auf dem Asphalt.

Immerhin trägt der Wind das Gift aus der Luft, und verteilt es über das ganze Land.

In kleinen Dosen, da mag es nur krank zu machen, und nicht mehr gleich zu töten.

17

Salik und Heckler hatten das alte Regierungsgebäude erreicht.
Es war recht solide gebaut worden, weshalb es noch immer von seinen Mauern getragen wurde.
Die Bomben hatten es auch deshalb weitgehend verschont, weil sie wussten, dass die wahre Macht woanders saß.
Das Parlament war nicht mehr als der Hofnarr gewesen- womit man einem jeden Hofnarren vermutlich Unrecht tat.

Das Blut tropfte vom silbernen Löffel auf den gläsernen Tisch.
Ein Aschenbecher.
Eine Spritze daneben.
Weißes Pulver und Asche überall drumherum.
Es war einmal das Regierungsgebäude gewesen, nun sah es aus wie eine verkommene Drogenhöhle.
Vielleicht war es das auch immer schon gewesen.
Vielleicht brauchte die Wahrheit immer etwas Zeit, um ans Licht zu kommen.

Von hier aus hatten die Hampelmänner Befehle gegeben, die man zuvor ihnen gegeben hatte.
Von hier aus hatten sie *regiert*, obwohl sie eigentlich nur anderen Stimmen folgten.
Sie hatten es *Demokratie* genannt, obwohl das Volk seiner Stimme bereits damals beraubt gewesen war.
Man hatte die Wahlen eher als etwas Symbolisches betrachtet, als ein Ritual ohne Folgen.
Die Wahlen waren also nicht einmal ein Symbol gewesen.
Man hatte die Begriffe ihrer Bedeutung beraubt.

Salik fand einige Gallonen mit Wasser, und machte sich daran, das wertvolle Gut in kleinere Flaschen umzufüllen.

Dann wusch er sich selbst, auch seine Augen, da er Angst hatte, dass das Gift ihn noch blind machen könnte.

„Jetzt bist du dran.", sagte er zu Heckler und schüttete auch auf den Hund einiges an Wasser.

Gift und Dreck verließen langsam das Fell des Hundes, der sich schüttelte und schließlich ein wenig fror und zitterte.

Da Salik keine sauberen Textilien hatte, riss er eine Fahne aus dem leeren Parlament und legte sie dem Hund ums Fell.

„Pass nur auf, dass dich jetzt der Feind nicht sieht, wie du in die Flagge eingewickelt bist.", sagte Salik.

Er selbst durchsuchte das leere Regierungsgebäude schließlich noch nach sauberer Kleidung.

Den Leichen auf den Straßen wollte er keine Kleidung stehlen.

Vor allem, weil sich deren Verwesungsgeruch bereits zu tief in den Stoff gefressen hatte.

Weil alles was draußen war, verdreckt und staubig war.

Weil die Kleidung der Toten zumeist blutbesudelt war.

Nein, Salik brauchte frische Kleidung.

Ansonsten könnte er gleich wieder sein verstaubtes Zeug anziehen.

In einer versteckten Kammer hinter der Tribüne fand Salik schließlich einen Anzug.

Ansonsten war die Garderobe dort leer.

Einst da hatte der Anzug einem Parlamentsdiener gehört.

Etwas zu weit war die Hose, aber Saliks alter Gürtel sollte da Abhilfe schaffen.

Das Sakko passte ihm in Größe, Schnitt und schwarzer Farbe gut.

Nur der Anlass war unpassend.

18

Auf einmal tönt von draußen der Alarm.
Ich schnappe den Hund, will ihm die Landesflagge wegnehmen, in die ich ihn gehüllt habe.
Er beißt sich in den Stofffetzen.
„Lass das, Heckler.", sage ich ihm, „Das ist kein gutes Spielzeug."
Er will nicht hören, beißt noch stärker in die Flagge und beginnt sogar damit, mich anzuknurren.

„Dummer Köter.", sage ich zu ihm, „Hörst du das nicht? Da ist ein Alarm losgegangen. Vielleicht sollten wir lieber raus von hier. Es ist ein Wunder, dass er immer noch steht, dieser Palast."
Heckler folgt mir zwar, behält dabei aber die Flagge im Maul.
Ich hoffe nur, dass draußen nicht schon der Feind auf uns wartet.
In letzter Zeit ist der Feind unsichtbarer geworden- vermutlich warten sie, bis das Gift weggezogen ist.
Sie wollen nicht unter ihren eigenen Waffen leiden.
Rein militärisch betrachtet ist das alles nachvollziehbar.
Folgt man der Logik des Krieges, dann haben die schon alles richtig gemacht.

Bevor wir auf die Pforten wieder raustreten und die große Tür öffnen, versuche ich noch einmal die Fahne Hecklers Zähnen zu entreißen.
Er knurrt und sein Blick ist wie vom Hass besessen.
„Ich bin nicht dein Feind.", sage ich zu ihm, „Ich habe dich gerettet. Du solltest mir dankbar sein."
In dem Moment ziehe ich ruckartig an dem Stoff, und reiße damit das größte Stück ab.
Es verbleibt nur ein kleiner Stofffetzen der Flagge in Hecklers Maul, und das geht für mich in Ordnung.
Zu auffällig sieht es jetzt nicht mehr aus.

Den restlichen Teil der Flagge verstaue ich in meiner Tasche.
Dann gilt wieder alle Aufmerksamkeit meiner Waffe.
Ich öffne die große Türe und wir treten heraus.

19

Angst war nun sein ständiger Begleiter, ein Schatten, den er nicht abstreifen konnte.
Wohin er ging, verfolgte ihn die Angst, war ihm zu einer traurigen Gewissheit geworden.
Das Land lag in Schutt und Asche, die Zerstörungswut der Menschen hatte sich ausgetobt.
Einst war es ein schönes Fleckchen Erde gewesen.

Dem Tod war er nun mehrmals etwas zu nah gekommen, sodass er ihn beinahe für einen Freund hielt.
Überleben -ohne andere zu töten- war immer komplizierter geworden.
Das Leben auf der Erde immer mehr zur Hölle.
Menschen, die zuerst den Hass lernten, werden der Liebe niemals wirklich vertrauen können.
Wie ein Waisenkind auch immer fürchten musste, wieder verlassen zu werden.

Der Alarm stellte sich als Bombenwarnung heraus.
Die Sirene hatte immer dann geheult, wenn Luftangriffe drohten.
Nun blickte Salik draußen in den Himmel und sah nichts.
„Ist vielleicht nur ein Fehlalarm.", sagte er mehr zu sich, als zu seinem Hund.
Sicher sein konnte er sich dabei aber nicht.
Drohnen waren so gut wie unsichtbar, es könnte also tatsächlich ein Angriff aus dem Himmel bevorstehen.
„Lass uns von hier verschwinden. Nicht, dass sie das Regierungsviertel in die Luft jagen wollen."

Schnellen Schrittes rannten Salik und der Hund davon, überquerten die Brücke und sahen das schwarz verfärbte Wasser langsam durch den Fluss ziehen.
Man wollte nicht zu lange in den Fluss blicken.
Sonst würde man noch Leichenteile entdecken, und das waren Bilder, die selbst der stärkste Krieger seinem Kopf noch ersparen wollte.
Man wollte nicht alles sehen.
Alles zu sehen war nichts anderes, als in Medusas Augen zu blicken.
Es würde nur dem Feind etwas bringen.
Man würde dann auch noch mental zum Krüppel werden.
Ein Trauma braucht nur einen Augenblick, um die Seele ein Leben lang zu verschmutzen.

Nachdem sie die Brücke überquert hatten, sprinteten sie weiter in Richtung des alten Bahnhofs.
Der war nun nicht gerade geschont worden.
Die Infrastruktur war wohl das erste Ziel gewesen.
Nach den Flughäfen mussten auch die Bahnhöfe dran glauben.
Der Feind hatte es auf die Zivilbevölkerung abgesehen.
Niemand sollte dem Gift entkommen können.
Für den Feind gab es so etwas wie Zivilbevölkerung auch gar nicht.
Ein jeder Mensch hier galt dem Feind als Krieger.

20

Der Knall brachte die Erde zum Beben.
Salik schnappte sich den Hund und suchte in der Ruine des unterirdischen Bahnhofes Schutz.
Es fuhren selbstverständlich keine Züge mehr.
Der Schacht war nach beiden Seiten verschüttet, aber noch hielt die verbliebene Struktur.
Es war düster und fast wie ein Bunker.
Salik wusste selbst, dass es sein Todesurteil sein könnte, wenn diese Ruine auch noch einstürzen sollte.
Dann würden er und Heckler verschüttet werden.
Fürs erste wollte er einfach von der Bildfläche verschwinden.
Tatsächlich stand das Regierungsgebäude nun unter Bombenhagel.
Gerade erst war Salik noch durch jene Räume geschritten, und jetzt wurde es schon dem Erdboden gleich gemacht.

Der Feind wusste wohl, dass es dafür keine Notwendigkeit gab.
Der Feind hatte wohl noch Waffen übrig, und aus der Luft heraus wurde jetzt eben auch noch das zerstört, was zuvor noch standhaft geblieben war.
Die Symbole eben.
Das Notwendige war ja bereits vernichtet worden.
Salik verstand den Feind nicht wirklich.
Salik hatte sich auch nicht viele Gedanken über den Krieg gemacht.
Er war immer davon ausgegangen, sowieso nichts ändern zu können, und vermutlich hatte er damit auch Recht gehabt.

Die dröhnenden Explosionen bebten durch den Boden.
Immerhin entgingen Salik und Heckler, hier im Untergrund, den Druckwellen und den Staubwolken.

Heckler presste seinen Kopf gegen Saliks Brust, und dieser versuchte dem Hund irgendwie die Ohren zuzuhalten, was nicht so richtig gelingen wollte.
Es waren zwei geschundene Wesen.
Dazu verdammt, den Überlebensinstinkt mit sich zu tragen, ganz egal was ihnen auch widerfuhr.

21

Ich bin wach und immer noch am Kämpfen.
Das ist fast ein Sieg.
Allein schon, dass ich nicht aufgegeben habe.
Noch nicht.
Es wäre eine Geschenk, jetzt aufzugeben.
Sich in die Ziellinie des Feindes zu begeben.
Wenigstens ein Opfer sein zu dürfen.

Der Feind müsste schießen und das Leben wäre vorbei.
Damit alle Chancen und auch all das Leid.
Alles Irdische.
Es wäre mit einem Schlag vergangen.
Wenn ich dem Alarm getrotzt hätte.
Ich hätte einfach im Regierungsviertel bleiben können, auch als ich
den Alarm hörte.
Gerade deswegen.
Was bleiben würde wäre schwarzes Nichts, das alle Zeit der Welt
hätte.

Ich habe mit dem Leben gekämpft, auch wenn nur ich das gesehen
habe.
Auch wenn es von niemandem festgehalten wurde.
Ich habe gekämpft, auch wenn es ein einsamer Kampf war.
Auch wenn ich nicht wirklich gekämpft habe, so habe ich immer-
hin auch nicht aufgegeben.
Noch nicht.

22

Nachdem lange Zeit keine Explosion mehr zu hören war, traute sich Salik wieder aus dem Untergrund heraus.
Ein paar Sirenen waren am Heulen, die Luft stank und der Blick war getrübt.
Sein neuer Anzug wurde dem Krieg geweiht.
Salik ahnte, dass seine Lunge und die des Hundes bereits zu genüge gelitten hatten.
Er nahm an, dass es jetzt auch keinen Unterschied mehr machen würde, was auch immer er da einatmete.

„Jetzt haben sie auch noch den Reichstag platt gemacht.", sprach eine fremde Stimme.
Salik zuckte zusammen und der Hund begann zu bellen.
Als Salik endlich seine Hände um das Maschinengewehr gelegt hatte, hatte der Fremde schon längst seine Arme in die Luft gestreckt.

„Ich komme in Frieden.", sagte der Fremde und schmunzelte, „Du kannst mich töten, aber was würde das schon bringen? Welchen Unterschied würde es machen? Eine Kugel weniger für dich. Ein Leben weniger auf dieser Welt. Wer hat dann schon gewonnen?"
„Wer bist du?", wollte Salik von ihm wissen.
„Jemand, der überlebt hat. Jemand, wie du."

Sie standen am Bahnhof, an dem lange schon kein Zug mehr fuhr.
Die verborgenen Gleise würden vermutlich nie wieder einen Zug befördern.

„Auf welcher Seite stehst du?", fragte Salik.

„Sprechen wir nicht dieselbe Sprache?“

„Das hat doch nichts zu bedeuten.“, meinte Salik, „Du kannst immer noch ein Spion sein oder ein Feind eben, der eben meine Sprache spricht.“

„Ich bin kein Feind. Von niemandem. Siehst du irgendwo eine Waffe? Ich bin nicht einmal Soldat.“

„Dann bist du ein Zivilist?“, fragte Salik.

„Wenn du dann nicht auf mich schießt, dann ja. Dann bin ich Zivilist.“

„Ich schieße dann nicht, wenn du mir die Wahrheit sagst.“, meinte Salik und hob noch einmal die Waffe, obwohl ihm gar nicht danach war abzudrücken.

Schließlich stellte der Fremde ja wohl keine Bedrohung dar.

„Die Wahrheit willst du?“

Salik nickte.

„Da bist du der erste, den ich kennenlerne.“, sagte der Fremde,

„Kaum einer wollte die Wahrheit. Jedenfalls nicht von mir.“

„Hast du denn eine Wahrheit?“, spottete Salik.

„Ich weiß nur, dass wir diesen Krieg brauchen.“, sagte der Fremde,

„Das ist die Wahrheit, die ich kenne.“

Salik schüttelte den Kopf: „Also ich will diesen Krieg nicht.“

„Es ist nicht so, dass wir diesen Krieg wollen. Wir *brauchen* diesen Krieg.“, erklärte sich der Fremde.

„Wir *brauchen* diesen Krieg?“

„Wir brauchen diesen Krieg.“

„Warum?“, wollte Salik wissen.

„Die Welt lag schon davor in Trümmern, du hast es nur nicht gemerkt. Wir haben nichts an Werten, die wir noch produzieren. Wir brauchen den Krieg. Er war ein Geschenk an uns. Das gesamte Wirtschaftssystem war bereits an seinem Ende angelangt. Mehrfach. Wir können auch nicht endlos Geld nachdrucken. Irgendwann hat es eben keinen Wert mehr. Und bevor die Menschen wütend werden und aufwachen… Bevor sie aufwachen, da müssen wir den Stecker ziehen. Es ist besser einige Menschen zu opfern, als dass das ganze Volk auf einmal gegen einen steht.“

„Geht es nur um Geld?“, fragte Salik.

„Es geht um alles, es geht immer um alles.“, sagte der Fremde, „Es geht darum, dass man immer erst die Bauern opfern sollte, wenn man das Spiel gewinnen will.“

„Das Spiel? Das ist doch kein Spiel, das ist -das war- unser Leben. Nenn mir einen Grund, warum ich dich nicht sofort töten sollte.“

„Ich habe die Wahrheit gesprochen.“, sagte der Fremde, „Wenn du die nicht erträgst, so ist das nicht meine Schuld.“

„Ich glaube, du weißt gar nicht, was du da sagst. Du hast auch keine Ahnung von der Wahrheit.“

„Wenn du das meinst.“, sagte der Fremde, „Du bist der mit dem Maschinengewehr, das heißt du hast jetzt erstmal immer Recht. Hätte ich auch eine Waffe, würde ich dir vielleicht widersprechen, aber so? So gibt es doch keinen Grund, dich zu einem Feind zu machen.“

Salik fragte: „Auf welcher Seite kämpfst du überhaupt?“

„Ohne Waffen kann ich auf keiner Seite kämpfen. Es ist auch nicht so, dass sich zwei Nationen gegenüberstehen. Es geht um die wenigen, die etwas zu verlieren haben gegen die ahnungslose Masse.“

„Und du hast etwas zu sagen?“, fragte Salik.

„Ich hatte einmal etwas zu sagen.“, antwortete der Fremde, „Ich war im Finanzbereich tätig.“

„Mit welchen Waren hast du gehandelt?“

„Mit Geld.“, antwortete der Fremde.

Salik wusste nicht, was er darauf sagen sollte, weshalb er lieber schwieg.

Obwohl er das Gewehr in der Hand hielt, kam er sich ein wenig ohnmächtig vor.

23

„Wie viel willst du für den Köter?“

„Der steht nicht zum Verkauf.“, sage ich.

Der Mann schaut mich ungläubig an.

Er schmunzelt, als würde ich ihm einen Witz erzählen.

„Brauchst du Munition?“, fragt er mich.

„Hab noch.“, sage ich, „Ich dachte, du bist unbewaffnet.“

„Das bin ich auch.“, sagt der Fremde, „Ich habe nur Munition.“

„Von wo?“

„Im leeren Wagon, da drüben.“, sagt der Fremde und zeigt auf einen Schrotthaufen, der einmal ein Eisenbahnwagon gewesen war.

„Da hast du Munition gefunden?“

„Es muss ein Lager gewesen sein.“, antwortet der Mann, „Da gab es auch Wasser. Ich kann dir Wasser geben, wenn du mir den Hund gibst im Tausch.“

„Wasser hab ich auch noch ein bisschen.“

„Ein bisschen ist nicht genug.“, meint er, „Sauberes Wasser kann man nie genug haben.“

„Du kannst mir nichts anbieten. Aber danke für das Angebot.“, sage ich, und ziehe den Hund etwas näher zu mir.

Heckler wedelt mit dem Schwanz, schnuppert an dem Fremden, und dann beginnt er auf einmal leicht zu knurren.

Nachdem der Fremde schweigt, aber trotzdem nicht von der Stelle weicht, frage ich ihn: „Was willst du denn mit dem Hund?“

„Ich brauche jemanden, der vor mir auf die Mine tritt.“

Immerhin ist er ehrlich, denke ich.

„Das war auch mein Gedanke.“, sage ich, „In der Hinsicht ist er ganz nützlich.“

„Dann schließe ich mich euch eben an.“, sagt der Fremde, „Einen Landsmann könnte ich sowieso nicht erschießen, nur um an seinen Hund zu kommen.“

„Dazu bräuchtest du auch eine Waffe.", sage ich, „Im Zweifel drücke ich sowieso schneller ab."
Unbewusst hebe ich das Maschinengewehr ein wenig, was den Fremden nervös macht: „Nimm das bloß wieder runter, wir unterhalten uns doch nur."
„Hör zu, ich kann niemanden gebrauchen, der uns folgt. Du weißt doch selbst, dass unsere Überlebenschancen am größten sind, wenn jeder für sich alleine kämpft."
„Das glaubst du wirklich?", fragt er mich.
„Das glaube ich wirklich.", antworte ich.
„Wir müssen doch zusammenhalten."
„Der große Kampf ist doch längst verloren.", erkläre ich ihm, „Jetzt geht es nur noch um die Flucht."

Heckler blickt zwischen mir und dem Fremden hin und her, so als würde er versuchen, unser Gespräch zu verstehen.
Vielleicht versteht er es auch- mittlerweile schließe ich nichts mehr aus.
Ich beobachte den Mann, während er nachdenklich den Kopf gesenkt hält.
Ich sehe keine Waffe, die er trägt.
Vielleicht hat er aber eine Pistole.
Vielleicht auch nur ein Messer, ich weiß es nicht.

Wahrscheinlich aber ist er wirklich gänzlich unbewaffnet.
Da bleiben ihm dann seine knöchrigen Fäuste an seinen dünnen Ärmchen.
Ich glaube, er kann nur schnell rennen.
Ansonsten wäre er ja jetzt kaum mehr am Leben.

Auf einmal greift der Fremde in seine Jackentasche, zu schnell, zu hektisch.

Fast reflexartig drücke ich ab und feuere ein paar Kugeln durch
sein dunkles Hemd.
Der Köter jault, ob der unerwarteten Geräuschkulisse.
Dann erst wird mir bewusst, dass ich wieder getötet habe.
Dieses Mal nicht einmal einen Feind.
Ich schaue in die Jackentasche, in die er so schnell reingegriffen
hat.
Darin finde ich eine Tafel Schokolade.
Ich nehme das zu mir und halte dann noch die Hand des Fremden,
die langsam immer kälter wird.
Er hätte doch nur ruhig bleiben müssen.

24

Ich esse die Schokolade des Mannes, den ich erschossen habe.

Der Geschmack ist zu bitter und zu wenig süß.

Aber es gibt mir Energie.

Mit jedem Bissen mehr.

Erst nach einige Minuten und einigen gegangenen Schritten durch das zerstörte Land merke ich, dass es keine normale Schokolade ist.

Es ist gestreckt mit etwas, das wohl die Müdigkeit bekämpfen soll.

Es ist die perfekte Nahrung für Soldaten.

Ich merke das, weil ich wach bin wie schon lange nicht mehr.

Dafür kann ich keine komplexen Gedanken mehr denken.

Mir liegt jetzt alles nur noch am nächsten Schritt, und wie ein Verrückter bahne ich mir meinen Weg raus aus der Hauptstadt.

Wenn ich hier heil rauskomme, dann kann es noch Hoffnung geben.

Wenn ich die Hauptstadt verlassen kann, dann vielleicht auch das Land.

Wenn ich das Land verlassen kann, dann kann ich auch dem Krieg entkommen.

Es kann ja nicht die ganze Welt zerstört sein.

Kontaminiert ist dieser Flecken Erde, wie auch die Gehirne der Menschen, die sich bekämpft haben.

Dass mein Land verloren hat, ist klar.

Selbst wenn man es eines Tages wieder aufbauen sollte- das Gift ist jetzt erstmal in der Erde.

Das Gift hat sich bereits in die Natur gefressen, und damit jede Ernte der Zukunft verseucht.

Mit chemischen Kampfstoffen kenne ich mich aus, auch wenn ich nicht viel damit zu tun hatte.

Ich musste es mischen, aber das war schon alles.

Eigentlich habe ich die Chemie als das gesehen, was der Natur ein wenig auf die Sprünge helfen soll.

Helfen muss.

Dort nämlich, wo der Mensch mehr ernten möchte, als die Natur eigentlich geben kann.

Geben möchte.

Wir haben uns intensiv mit der Erdbeschaffenheit befasst und ich habe der Erde damit einen Gefallen getan.

Wir haben der Erde ihre Nährstoffe gegeben.

Was dann kam, war einfach nur ein Auftrag des Staates.

Hätte ich mich geweigert, dann hätten sie mich vermutlich weggesperrt.

Ich weiß es nicht genau.

Aber ich weiß, dass man in Zeiten des Krieges Befehle zu befolgen hat und macht man dies nicht, so wird man dafür bestraft.

Die anderen haben ja auch mitgemacht.

Und hätte der Feind uns nicht bedroht, hätten wir es gar nicht machen müssen.

Außerdem: Hätte ich es nicht gemacht, dann hätte es eben ein anderer gemacht.

Es ist nicht schwer zu begreifen, außer man stellt sich besonders blöd an.

Wenn man es nicht verstehen möchte, dann wird man es auch nicht verstehen.

Ich nehme noch einen Bissen von der Schokolade, betrachte das Etikett mit dem Wolf darauf, und packe es dann in meine Tasche.

Heckler geht vorneweg und schaut immer mal wieder zu mir zurück.

Ob ich auch noch da bin.

Natürlich bin ich noch da, wo soll ich auch hingehen.

Der Hund schaut mich an, als würde er auch einen Bissen von der Schokolade wollen, aber ich gebe ihm nichts davon.

„Du darfst keine Schokolade essen.", flüstere ich zu ihm, „Die hier ist auch noch mit Aufputschmittel gepanscht."
Er scheint es zu verstehen, denn er bettelt mich nicht weiter an.
Sein Blick ist der eines geplagten Tieres, was er ja auch ist.
Er spielt mir nichts vor.
Er spielt weder heldenhaft mutig, noch macht er auf Mitleid.
Er zeigt sich mir so, wie er wirklich ist, und das bewundere ich jetzt an ihm.
Er hat den meisten Menschen damit etwas voraus.
Vermutlich auch den meisten Hunden.
Außer ihn habe ich keinen Hund gesehen, seit dem großen Desaster.
Dass er überlebt hat, macht ihn zu meinem Verbündeten.
Wir beide teilen doch dasselbe Schicksal.

Nur der Idiot glaubt einen heldenhaften Tod sterben zu können.
Dabei gibt es so etwas gar nicht.
Es gibt keinen heldenhaften Tod- kann es gar nicht geben.
Der Held überlebt- oder er ist eben keiner.
Und dann ist es auch nicht heldenhaft zu sterben.
Dann ist es nur Dummheit.
Oder Feigheit.
Oder beides.

25

Man hätte viel erbauen können, entschied sich aber dazu, zu zerstören.
Wenn es einen Teufel gibt, dann herrscht er über die Erde.
Wenn es einen Gott gibt, dann ließ er den Menschen tatsächlich die Freiheit dem Schlechten zu folgen.
Dem Bösen.
Wenn es mehr gab, als die materielle Welt.
Wenn es das Dazwischen gab und auch das Dahinter.
Wenn man glauben konnte.
Wenn man glauben musste.
Dann gab es wohl beide Seiten, und beide hatten sie ihre eigene Macht.

Der Mensch hatte eine Wahl, und das war das wahre Grauen.
Man konnte sich entscheiden, und was war schon unheimlicher als diese ungebändigte absolute Freiheit?
Eine Freiheit, die jedem gegeben war.
Was war furchteinflößender als diese totale Freiheit?

Nun gab es immer genug Menschen, die behaupteten, keine Wahl zu haben.
Und auch dies entschieden sie aus freien Stücken.
Gab es einen Gott, so hatten die Menschen auch einen freien Willen.
Hatten sie einen freien Willen, so gab es auch den Satan, den gefallenen Engel, dem man folgen konnte.
Es bedurfte keines Theologiestudiums, um das gerade noch zu verstehen.
Ich habe wirklich keine Wahl gehabt.
Ich war immer gegen die Aufrüstung gewesen.

Selbst die Engel haben gesündigt.

Selbst die Engel waren also keine Engel, wie man sie sich als Kind vorstellte.

Nicht alle Engel waren jedenfalls Engel.

Manche von ihnen hatten sich in ihrer Freiheit gegen Gott entschieden.

Und auch sie mussten ihre Gründe gehabt haben.

Und Gott?

Gott ließ es zu.

Vermutlich musste man die Freiheit mit der Liebe denken, um sie zu verstehen.

Um sie wirklich zu verstehen.

Für Gott jedenfalls gingen sie Hand in Hand, diese beiden Begriffe.

Schnell genug wurden sie mit Leben gefüllt.

Waren dann mehr als nur Begrifflichkeiten.

Waren mit Blut und Erfahrung gefüttert worden.

Wurden lebendig.

26

Ich gehe durch die Dämmerung und ärgere mich, dass ich keine
Taschenlampe habe.
Ein Maschinengewehr bringt einem nicht viel, wenn die Welt um
einen ganz dunkel ist, finster wird.
Ich krame in der Tasche nach einer Schachtel Streichhölzer.
Als ich sie endlich finde, muss ich feststellen, dass die Packung
nicht mehr so trocken ist, wie sie sein sollte.
Dann stelle ich fest, dass die Trinkflasche nicht richtig geschlossen
ist.
Ich nehme einen Schluck und das Wasser schmeckt leicht sandig.
Besser als kein Wasser allemal.
Es kann immer noch etwas schlimmer sein, das ist mir zum Sprich-
wort geworden.
Man braucht einen ganz kaputten Humor, wenn man nicht ganz
verzweifeln will.
Ich nehme nochmal die Streichholzpackung in die Hand und ver-
suche eines der Zündhölzer zu entflammen.
Das Zündholz, das einem das Leben retten könnte, ist immer zu
nass.
Ob nun im Alptraum oder in der Realität.
Man kann beide Zustände sowieso nicht mehr voneinander unter-
scheiden.
Sie gehen ineinander über wie ein Fluss, der in das Meer mündet.

Dann müssen wir eben einen Ort finden zum Übernachten.
Wir laufen nahe dem Fluss, der sich durch die Stadt zieht wie ein
geschmolzener Stern.
An den Gestank habe ich mich gewöhnt und der Hund vermutlich
auch.
Er läuft vorneweg und winselt- ich weiß aber nicht, warum.
Entweder freut er sich auf etwas, das nie kommen wird.

Oder aber er hat Angst.

Eines von beiden wird es wohl sein.

Wenn wir die Stadt verlassen, dann können wir Hoffnung haben.

Dann würde sich eine neue Wirklichkeit für uns öffnen.

Hoffnung ist eine optimistische Form des Wahnsinns.

Das weiß ich schon.

Heckler heult ein wenig auf, und ich sehe eine Leiche im Wasser schwimmen.

Mit dem Gesicht im Wasser treibt sie dahin.

Es ist ein Mann, und wir lassen ihn treiben.

Was sollen wir auch machen?

Dann merke ich, dass er noch etwas zuckt.

Dass aus dem dunklen Wasser noch ein paar Luftblasen emporsteigen.

Ich ziele auf den Mann, drücke ab.

Ein sauberer Schuss in den Kopf- er sollte dankbar sein.

Wenn man einen Verwundeten nicht mehr retten kann, dann ist es ein Fehler, ihn ins nächste Lazarett zu bringen.

Es würde sein Leid doch nur verlängern.

Ein Schuss ist da gnadenvoller.

Ein Schuss und etwas Blut und dann: Erlösung.

Ich habe sowieso noch kein Lazarett gesehen.

Es gibt hier keine Heilung mehr.

27

Unter einer Brücke schlugen die beiden ihr Nachtquartier auf.

Mehr als eine Decke war es nicht.

Sie befanden sich neben dem Fluss und hörten das Rauschen, während sie versuchten einzuschlafen.

Der Hund war noch erschöpfter als Salik.

Er musste ja auch mehr Schritte gehen für denselben Weg.

Als sie aufwachten, hatten sie noch nicht einmal drei Stunden geschlafen.

Aber sie konnten es nicht riskieren, im Schlaf überrascht zu werden.

Weder vom Feind noch von falschen Freunden.

Salik und Heckler öffneten eine Dose, die sich als Tomatensauce herausstellte.

Sie aßen davon, und dann brach Salik noch ein Stück der Schokolade entzwei.

Die eine Hälfte aß er selbst, die andere gab er dem Hund zu essen.

Beide hatten sich diesen Antrieb verdient.

Den Leidenden muss man wenigstens ihre Drogen lassen.

Sie hatten ja sonst nichts vom Leben.

28

Wir laufen durch den jungen Tag.
Heckler voran.
Ich hinterher.
Dazwischen ein paar Meter.
Über uns die Morgendämmerung.
Unter uns vor allem Dreck und Splitter und Hülsen von verschossener Munition.
Manchmal sehen wir eine Leiche am Wegesrand.
Sie liegen fast friedlich da, ich würde sie auch beerdigen, wenn ich die Zeit dazu hätte.
Wenn ich die Zeit verlieren könnte.
Das aber kann ich mir nicht erlauben.

Wer Zeit verlieren kann, weiß nicht, wie wenig ihm noch bleibt.
Wer glaubt, Zeit verlieren zu können, wird für diese Art der Verschwendung bestraft werden.
Früher.
Oder später.

Wenn wir die Brücke erreichen, dann können wir die Stadt verlassen.
Wenn wir die Stadt verlassen können, dann auch das Land.
Ob die Brücke noch steht, weiß ich nicht.
Aber versuchen können wir es, müssen wir es.
Die einzige Chance, die uns noch bleibt, ist die Flucht aus diesem verlorenen Land heraus.

Heckler hört etwas und rennt auf einmal los.
Ich rufe ihn zurück.
Dann macht es einen lauten Knall.

Mein Herz beginnt verrückt zu spielen, und ich renne zu dem
Hund, ohne an die Gefahr zu denken.
Ich will nur sehen, was passiert ist.
Ich will wissen, ob er noch lebt.

29

Heckler humpelte, seitdem die Mine ihn erwischt hatte.
Ein Köter, der nicht einmal mehr normal laufen konnte, war nur noch ein Hindernis.
So jemand hielt einen zurück, auch wenn Heckler versuchte, seine Probleme zu verstecken.
Hunde wissen, dass sie sonst ausgeschlossen werden.
Dass sie sonst in Gefahr sind, alleine sind- dem Feind überlassen.
Er schonte sein kaputtes Bein und ließ es hängen, ging auf drei Pfoten und war deshalb langsamer als zuvor.

Salik war sich nicht sicher, ob der Hund Schmerzen empfand, ob er seine Wunde spürte.
Denn er jaulte nicht, tat stattdessen so, als wäre alles in bester Ordnung.
Vermutlich hatte er Angst, erschossen zu werden.
Nicht vom Feind, sondern von Salik.
So schnell konnten aus Gefährten Feinde werden.
Das ging viel schneller, als man so denkt.
Wölfe folgten ihrem Rudel, solange sie satt wurden.
Mit Menschen und Hunden war es da nicht sehr anders.

Salik dachte tatsächlich darüber nach, ob er den Hund schießen sollte, entschied sich dann aber erst einmal dagegen.
Er ließ sich täuschen, wollte sich täuschen lassen vom schlechten Schauspiel des Hundes.
Denn Salik wollte ihn nicht leiden sehen.
Salik wollte nicht, dass Heckler litt.
Insofern war er nicht der schlechteste Freund auf der Erde.

Schlechte Freunde gab es zuhauf.
Auch schon bevor das Land in Flammen aufgegangen war.

Lange zuvor.
Schlechte Freunde gab es schon in der sogenannten Zivilisation.
Nicht alles, was in Flammen aufging, musste auch vermisst werden.

Das Wesen des Menschen war immer schon ein Spiel mit dem Abgrund.
Es begeisterte sich für Sprung und Sturz und für das Hinunterstoßen anderer.
Die Schlucht schien sie zu locken.
Und wenn es auch kein Trieb war, so war es doch zumindest eine Leidenschaft der Menschen gewesen.
Man wollte dem Echo lauschen und kam dabei dem Abgrund allzu nahe.
Was man dann hörte, war nur der vorige Schrei, den man beim Stürzen von sich gab.
Der Widerhall des Echos- gespiegelt in sich selbst.
Die eigentliche Tragik des Lebens ist seine Lächerlichkeit.

Salik nahm den Hund für einige Schritte auf den Arm, sodass Heckler sich ein wenig schonen konnte.
Sobald Salik einen Unterschlupf finden würde, wollte er den Hund verarzten.
Auch wenn *verarzten* hier nicht mehr bedeutete, als etwas Alkohol auf seine Wunde zu träufeln und ihm das Bein mit einem Stück Stoff zusammenzupressen.
Salik fragte sich, ob er imstande wäre, dem Hund das kaputte Bein abzuschneiden.
Auch die Medizin hatte sich den äußeren Umständen anzupassen.

Heckler, in den Armen seines Herrchens, schloss die Augen für eine Zeit.

Er war noch nie zuvor in seinem Leben von einem Menschen getragen worden.

30

„Verschwinde, du dummer Hund. Ich hätte dir nie einen Namen geben dürfen!"

Salik bereute es, diesen Köter zu einem Freund gemacht zu haben.

Machte man sich doch zu abhängig von Emotionen, mit einer jeden eingegangen Freundschaft.

Nein, er hätte es nicht tun sollen.

Er hätte dem Hund auch nichts zu fressen geben sollen.

Das waren dann Dosen, die Salik selbst nicht mehr essen könnte.

Hätte er den Köter nur bei den Kadavern gelassen- er hätte deren Blut und Fleisch gefressen.

Heckler hatte genügend Knochen überall um sich herum annagen können- der frische Verwesungsgeruch hätte seinen Appetit vielleicht zuweilen gedämpft.

Sein Hunger hätte ihm allerdings die nötige Überwindung gegeben, zuzubeißen, um satt zu werden.

Salik fragte sich, warum sein Leben nur noch aus zerbrochenen Scherben bestand.

Aus Schmutz und Gift.

Die Luft wurde immer mal wieder von Wellen des Gifts getrübt, wann immer eine der chemischen Anlagen dem Feuer nachgab.

Salik glaubte, dass jemand absichtlich Feuer legte und immer wieder mal zündelte.

Er war davon überzeugt, dass der Feind den Lebensraum zerstören wollte und nicht nur das Leben.

Es sollte keine Blume mehr blühen können, da war sich Salik sicher.

Dem Feind traute er alles zu.

Zumindest mehr, als er sich selbst zutraute.

Der Feind war begierig darauf zu zerstören.

Der Feind wollte einen Haufen aus Asche hinterlassen- wenn überhaupt.

Ein paar Mal versuchte Salik, den Hund von sich zu vertreiben, trat nach dem armen Heckler, schrie ihn laut an.

„Verschwinde endlich!", brüllte er zu dem Tier hinab, welches darauf mit Angst in seinem Blick reagierte, „Schau mich nicht so an! Du bist mir keine Hilfe. Verrecken sollst du, Heckler! Soll ich dich irgendwo anbinden? Damit du dich nicht mehr losreißen kannst?"

Salik nahm die zerfetzte Flagge aus seiner Tasche, die er aus dem Parlament mitgenommen hatte.

Er rollte und band den Stofffetzen dem Hund um das Genick, zog es fest, zu fest, ließ ihm aber noch genug Raum zum Atmen.

Ein Betonklotz war neben den beiden.

Salik zog Heckler durch die Trümmer, und der Hund folgte nur ungern.

Dann waren ein paar Stahlstangen ersichtlich, die unter dem Beton schräg in die Höhe zeigten.

Salik befestigte das andere Ende der zusammengerollten Flagge an einer dieser Stahlstangen und wies dem Hund sich zu setzten.

„Hier kannst du warten. Nicht auf mich, aber auf irgendjemand anderen. Irgendjemand, der dich haben mag. Wenn du lange genug wartest, dann kommt der Tod. Glaub mir, das ist vielleicht das Beste für dich."

Der Hund jaulte ganz fürchterlich, als Salik aufbrach und ihn dort zurückließ.

„Wir alle müssen Opfer bringen.", murmelte Salik, ohne einen Blick zurückzuwerfen.

„Vielleicht bist du einfach das Opfer, das ich bringen muss.", sagte Salik mehr zu sich selbst, als zu dem Hund, „Vielleicht kann ich sonst gar nicht überleben. Wenn ich mich jetzt noch um einen kranken Hund kümmern muss. Du hättest mir nützlich sein können, dann wäre es doch alles anders gekommen. Du hättest auf dein verdammtes Bein besser aufpassen müssen, Heckler!"

Heckler versuchte sich von der Stahlstange loszureißen, aber beide Knoten waren zu fest gebunden- der um seinen Hals und der um die Stange.
Da gab es keine Flucht und kein Entkommen.
Er sprang noch ein paar Mal los, wurde aber jedes Mal vom Knoten in der Flagge zurückgehalten, was ihm jedes Mal den Hals für einen Augenblick zuschnürte und ihm für diesen kurzen Moment die Luft raubte, die er zum Atmen brauchte.

Was hatte er falsch gemacht?
Warum wollte der Mensch ihn nicht mehr?
Würde Salik wiederkommen?
Wer würde ihm jetzt etwas zu Essen geben?

Diese Gedanken mochte er sich wohl gemacht haben.
Heckler lebte mehr im Moment, so wie Tiere das eben tun.
Sie planten nicht für lange Zeit.
Sie nahmen die Gegenwart ernster als die nächsten Tage, die noch kommen sollten.
Das wurde den Tieren allzu oft zum Verhängnis.

31

Die letzte Munition verschieße ich in alle Richtungen des Himmels.
Die Wolken sind fast ganz verzogen.
Das Sonnenlicht strahlt durch und wärmt mich.
Fast kann man die Luft wieder einatmen.
Ich muss lächeln, auch wenn ich es nicht will.
Manchmal kann man nicht anders.
Ich weiß, dass ich keine Chance habe.
Und ich muss schmunzeln, und niemand kann es mir nehmen.
Ich sollte zu dem Hund zurückgehen, mich neben ihn setzten.
Und sterben.